VENTE PUBLIQUE 9, 10, 11 & 12 DÉCEMBRE 1885

TABLEAUX

ÉTUDES

AQUARELLES

CROQUIS

DÉLAISSÉS PAR FEU J.-B. VAN MOER

EXPOSITION : 7 et 8 DÉCEMBRE

DE 11 A 6 HEURES

GALERIE SAINT-LUC

10-12, RUE DES FINANCES

CATALOGUE

DES

TABLEAUX

ÉTUDES, ESQUISSES
AQUARELLES, DESSINS, CROQUIS

DÉLAISSÉS PAR FEU

M. JEAN-BAPTISTE VAN MOER

ARTISTE PEINTRE

VENTE A BRUXELLES

GALERIE SAINT-LUC

12, RUE DES FINANCES

LES 9, 10, 11 & 12 DÉCEMBRE 1885

A DEUX HEURES PRÉCISES

EXPERTS :

Victor LE ROY
18, rue des Chevaliers.

J. de BRAUWERE
12, rue des Finances.

EXPOSITION :

7 & 8 DÉCEMBRE, DE 11 A 6 HEURES

CONDITIONS DE LA VENTE

La vente se fait au comptant avec augmentation de 10 p. c. pour frais.

Après l'adjudication, il ne sera admis aucune réclamation de quelque chef que ce soit.

Les chiffres mis à la suite de chaque description indiquent la mesure, en centimètres, des tableaux et des aquarelles; le premier chiffre, la hauteur, le second, la largeur.

Abréviations :

Aq. : *Aquarelle.*	M. B. : *Marouflé sur bois.*
D. : *Dessin.*	M. T. : *Marouflé sur toile.*
Cr. : *Croquis.*	Sep. : *Sepia.*

ORDRE DE LA VENTE

Les aquarelles, tableaux et études terminées de Van Moer seront rendus les 9 et 10 décembre : le 9, toutes les œuvres portant des numéros pairs; le 10, toutes les œuvres portant des numéros impairs. Les études nos 215 à 332 seront vendues le 11 décembre, ainsi que les objets d'atelier mentionnes au no 414.

P. Weissenbruch, imp. du Roi, 45, rue du Poinçon.

JEAN-BAPTISTE VAN MOER

Van Moer, qui s'était placé au premier rang des peintres de vues de villes, est mort à Ixelles le 6 décembre 1884. Il n'a dû sa renommée qu'à son talent et à son infatigable persistance dans le travail : il a fini comme il avait toujours vécu : c'est dans l'atelier où il avait exécuté tant d'œuvres importantes qu'il est tombé, au milieu de ses aquarelles, de ses esquisses rapportées des contrées les plus diverses et qui en reproduisent si fidèlement les monuments et les sites.

Né à Bruxelles le 17 décembre 1819, de Henri Van Moer et de Catherine Loran, notre peintre habita d'abord le centre de la ville, où se conserva longtemps ce cachet ancien dont les traces disparaissent tous les jours. Le carrefour dit « de la Steenpoort », avec sa fontaine aux formes contournées, aujourd'hui démolie ; la tour des anciens remparts encore existante dans une habitation du voisinage ; le vieil hôpital Saint-Jean, avec son style de la transition, ses salles gothiques et ses jardins, furent le théâtre des jeux de Van Moer, qui, dans la suite, se plut à les dessiner. Longtemps il dut aider dans leur travail son père et son frère, qui habitaient rue de l'Escalier (section 8e, no 570, actuellement no 18, et plus tard rue d'Or, section 1re, no 576, actuellement no 42). Après avoir étudié à l'Académie des Beaux-Arts, où M. Bossnet fut son principal maître, il continua ses études de peinture dans un atelier de la maison paternelle. Ce fut grâce à la protection de M. et de Mme Lehon, dont il décora l'hôtel à Paris, qu'il commença une carrière peu éclatante, mais laborieuse, partageant son temps entre ses études et ses voyages.

On ne peut méconnaître l'heureuse influence que ces derniers exercèrent sur notre artiste, que la nature, au surplus, avait heureusement doué et qui s'était préparé au succès par de longues études. Aussi consciencieux qu'infatigable, Van Moer s'attacha toujours à retracer ce qui le frappait avec la plus scrupuleuse fidélité : non content d'accumuler les esquisses, les croquis, il annotait les détails dont il voulait conserver un souvenir précis. Ses cahiers, tenus avec une minutie incroyable, fourmillent de détails sur ce qu'il a fait et vu, sur les hommes avec lesquels il s'est trouvé en relations. Dans ces pages intimes, Van Moer se peint lui-même. Son séjour à Venise, dans la Dalmatie, dans une partie de la France, en Espagne, et en dernier lieu en Égypte et dans la Palestine, enrichit à la fois son esprit et ses albums et donna à ses productions une variété dont l'absence est souvent mortelle pour l'artiste le mieux doué. Comme tous les hommes dont les commencements ont été difficiles, il s'irritait facilement; mais bientôt il s'apaisait de même. Peu ouvert et peu expansif, il avait cependant un cœur excellent, et sa brusquerie apparente cachait un grand fonds de douceur. Sa qualité dominante, celle qui garantira sa célébrité contre l'oubli, c'est son soin scrupuleux à exécuter et achever ses tableaux, pour lesquels il ne négligeait rien, et dont les côtés matériels : la toile, les couleurs, etc., constituaient pour lui une cause de soucis incessante.

Après avoir visité une partie de la Belgique et Paris, Van Moer commença à se faire distinguer. Dès 1842, on avait vu de lui, à Bruxelles, une vue de l'abbaye de Villers. A l'exposition de 1848, si brillante pour la nouvelle école de peinture, il avait quatre tableaux, parmi lesquels on remarqua surtout le *Marché aux toiles à Rouen*. On le signale alors comme un « jeune artiste bien organisé » ; on déclare qu'il deviendra un peintre distingué, s'il continue « sa marche progressive ». Nulles promesses ne furent mieux tenues, et l'on peut dire de notre peintre que jusque dans ses dernières productions on retrouve cette ardeur à bien faire qui caractérise le véritable talent.

On n'en finirait pas si l'on devait énumérer toutes les toiles sorties du pinceau de Van Moer, et dont un grand nombre quittèrent son atelier sans avoir été exhibées en public, ni exaltées par des amis complaisants. Elles lui valurent de nombreuses commandes, trois promotions successives dans l'ordre de Léopold (chevalier en 1860, officier en 1869, commandeur en 1880) et des distinctions flatteuses dans les expositions. En 1855, à Paris, il fut l'un des Belges qui obtinrent la médaille de seconde classe. A Metz, en 1861, il eut une médaille d'honneur.

La valeur de son talent et l'honorabilité de son caractère valurent à Van Moer de hautes protections et de chaudes amitiés, qui ne lui firent jamais défaut. Sa mémoire vivra surtout par les œuvres dont son pinceau a orné plusieurs monuments et enrichi des collections particulières. Il a peint pour S. M. le roi Léopold (en 1867-1868) trois immenses toiles, placées dans le grand escalier du palais royal, à Bruxelles : *le Quai des Esclavons*, *la Façade extérieure de l'église Saint-Marc*, et *la Cour du palais des Doges, à Venise*; au château de Ciergnon (en 1875), quatre vues de la même ville, deux en largeur, deux en hauteur : *le Grand Canal, le Quai des Esclavons, la Porta di Carta* et *la Piazetta*, et, afin d'être offerte à un souverain, si je ne me trompe, au shah de Perse, une *Vue de l'hotel de ville de Bruxelles*, effet merveilleux de couleur et de perspective, où Van Moer a déployé toute la magie de sa palette.

Véritable enfant de la capitale, notre peintre avait voué un culte sincère aux vieux monuments de sa ville natale, dont plus que personne il appréciait la beauté et le caractère pittoresque. Ce fut avec enthousiasme qu'il accueillit la proposition du bourgmestre Jules Anspach de peindre, pour son antichambre à l'hôtel de ville, quinze vues des quartiers que l'on devait démolir pour les transformer en un immense boulevard sous lequel coulerait la Senne. Dès lors, Van Moer passa une partie de ses journées à parcourir les rues, les ruelles, les allées voisines de la rivière, choisissant les aspects les plus caractéristiques, esquissant, dessinant, sans souci des conditions défavorables dans lesquelles s'opérait souvent son travail. Poussant à l'extrême cette fidélité de reproduction dont il se glorifia toujours, il disposa dans son atelier un compartiment reproduisant rigoureusement les conditions dans lesquelles ses tableaux devaient être vus. Son travail constitue réellement un tour de force : ses vues sont peintes avec une énergie de couleur qui frappe lorsqu'on les contemple pendant la journée, et émerveille lorsque l'appartement dont elles décorent les parois est illuminé.

On avait l'intention d'orner de la même manière le salon occupé par le bourgmestre, au coin des rues de l'Hôtel-de-Ville et de la Vrunte. On en aurait garni les trumeaux de vues des monuments modernes de Bruxelles et, en particulier, de la nouvelle Bourse. Van Moer a exécuté pour ce projet des esquisses qui existent ; mais différentes circonstances ont fait ajourner un travail pour lequel manqueraient d'ailleurs le cerveau qui l'avait conçu et la main de celui dont on pouvait en attendre la réalisation.

Citons encore, parmi les œuvres de Van Moer : *L'intérieur de l'église Sainte-Marie de Belem*, et *Bruxelles en 1868, vue prise de la rue de Saint-Géry*, qui sont au musée de peinture de l'État : *Intérieur d'atelier* (son premier atelier), exposé à Paris en 1855, aujourd'hui au musée d'Amiens ; *le Château de Hoydonck*, près de Gand, chez M. le baron T'Kint de Roodenbeke ; *la Cour d'un cocher à Ixelles, Une partie de l'église Saints-Michel et Gudule, Un corridor à Bruxelles*, également exposés en 1855 ; *la Chapelle Saint-Zénon, à Saint-Marc, de Venise* (1861) ; *l'Ile Saint-Georges*, dans la même ville ; *le Fort de Belem* (1867), propriété de S. M. le Roi ; *la Cour des Lions, à l'Alhambra de Grenade* ; les quinze toiles décoratives, avec sujets empruntés à cette Venise tant aimée, que Van Moer vient d'achever pour l'hôtel de son ami De Haas, artiste peintre, à Ixelles ; des aquarelles peintes pour S. M. la Reine, etc.

On n'a jamais rien gravé, croyons-nous, de toutes ces productions.

Van Moer habitait en dernier lieu dans le pavillon qu'il avait fait construire à Ixelles, rue Wiertz, 59, à côté du parc Léopold II (ancien Jardin zoologique). Son atelier, très vaste et très confortable, en occupait presque tout l'étage.

On peut dire de Van Moer qu'il était un vrai Flamand, un Flamand de pure race. Ses compositions, bien agencées, plaisent dès le premier coup d'œil ; sa couleur, habilement distribuée, est chaude et harmonieuse. Le temps, si meurtrier pour les œuvres hâtives et négligées, en améliorera, en l'atténuant, la savante tonalité. On peut prédire à coup sûr, je pense, que Van Moer restera l'une des gloires artistiques de Bruxelles et occupera toujours une place honorable dans les annales de notre école de peinture.

Alphonse Wauters.

Voici les distinctions obtenues par Van Moer à différentes expositions :

A Bruxelles 1845 : Médaille de 2e classe. — Paris 1853 : Médaille d'or de 3e classe. — Bruxelles 1854 : Médaille d'or 1re classe. — Paris 1855 : Médaille d'honneur. — Lyon 1858 : Médaille d'or. — Bruxelles 1860 : Chevalier de l'ordre de Léopold. — Paris 1861 : Rappel de la médaille d'honneur. — Metz 1861 : Médaille d'or. — Rotterdam 1864 : Membre de l'académie des Beaux-Arts. — Bruxelles 1869 : Officier de l'ordre de Léopold. — Liège 1871 : Médaille. — Vienne 1872 : Médaille. — Commandeur de l'ordre de Léopold le 4 mai 1881.

Van Moer fut un des fidèles aux expositions triennales de Belgique, jusqu'en 1877.

1842. — *Bruxelles* : Ruines de Villers.

1844. — *Gand* : Ruines.

1845. — *Bruxelles* : Une partie de l'église de Hal.

1847. — *Gand* : La grue d'Andernach sur le Rhin.

1848. — *Bruxelles* : Marché aux toiles à Rouen. — Fragment de l'église Saint-Laurent à Rouen. — L'intérieur des abattoirs de Bruxelles, matinée d'automne. — Vue de Bruges, soleil couchant.

1849. — *Anvers* : Les quais de la Seine près de la porte d'Orsay à Paris. — Quai Saint-Bernard à Paris : effet du matin, temps pluvieux,

1850. — *Gand* : Vue de Malines. — Vue de Saint-Sauveur à Bruges.

1851. — *Bruxelles* : Vue de Hal. — Ruines du réfectoire de Villers. — Vue de Normandie, soleil couchant. — Cour du cloître à Villers. — Restes d'appartements à Villers. — Démolitions de l'ancienne Steenpoort à Bruxelles. — Rue à Cologne.

1852. — *Anvers* : Intérieur de cour à Bruxelles avec figures de Huart. — Intérieur de ferme à Schaerbeek.

1853. — *Gand* : Intérieur de chambre.

1854. — *Bruxelles* : Verrière de Sainte-Gudule à Bruxelles. Vestibule à Bruxelles. — Intérieur d'atelier. — Vue de Montjoie.
1856. — *Gand* : Intérieur d'atelier.
1857. — *Bruxelles* : Église SS. Jean et Paul à Venise. — Quai des Esclavons. — Approches du crépuscule sur le Grand-Canal. — Intérieur de l'église Saint-Marc.
1860. — *Bruxelles* : Cour du palais ducal à Venise. — Le baptistère de Saint-Marc. — Place du temple à Spalato. — Caravane au marché de Spalato.
1861. — *Anvers* : Portique gauche de l'église Saint-Marc. — Arcades de la place du temple à Spalato.
1863. — *Bruxelles* : Église Santa-Maria de Belem, Portugal. — Intérieur du cloître de Belem. — Chapelle San-Zeno de l'église Saint-Marc.
1864. — *Anvers* : Canal Marte à Venise.
1866. — *Bruxelles* : Château en Flandre. — Ruines romaines à Spalato. — Fort de Belem. — Ile Saint-Georges à Venise, le soir.
1869. — *Bruxelles* : Poterne du fort de Belem. — Cour des lions à l'Alhambra, Grenade. — Partie de la mosquée de Cordoue. — Môle et ruines du palais de Dioclétien à Spalato. — Trois compositions colossales pour l'escalier du palais du Roi à Bruxelles : Quai des Esclavons. — Façade extérieure de l'église Saint-Marc. — Cour du palais ducal à Venise.
1870. — *Anvers* : Môle et restes du palais de Dioclétien à Spalato ; effet de matin.
1871. — *Gand* : Vue de Spalato en Dalmatie. — Le Grand Canal à Venise.
1872. — *Bruxelles* : Bruxelles en 1868 (Musée). — Venise le matin.
1874. — *Gand* : Le Grand-Canal à Venise.
1875. — *Bruxelles* : Quinze tableaux de l'antichambre du bourgmestre à l'hôtel de ville : Vues de la partie de Bruxelles que traversait la Senne.
1877. — *Gand* : Quai des Esclavons à Venise.

AQUARELLES

DESSINS & CROQUIS EN FEUILLES

1. — 3 aq. et 18 cr. : Sites à Kayserweert, Heyligenhausen, Dusbourg, Treiss, Dusseldorff.

2. — 1 aq. et 2 cr. : Bords de la Moselle.
2 aq. et 30 cr. : Andernach.
18 cr. : Aix-la-Chapelle et Cologne.

3. — 40 d. et cr. : Carden, Cochem, etc.

4. — 3 aq. et 34 cr. : Esch-le-Trou et Luxembourg.
22 d. et cr. : Montjoie en Prusse.

5. — 43 d. et cr. : Vues et curiosités de Paris.
43 cr. : Détails du palais de Saint-Cloud.

6. — 5 d. et cr. : Monuments de Rouen.
19 cr. : Châteaux de Raimbaucourt et Leeuwarden.

7. — 88 d. et cr. : Eaux-Bonnes, Tours, Amboise, Pau, Bordeaux, Lestelle, Saint-Pé, Tarbes, etc.

8. — 112 d. et cr. : Monuments, sites et costumes du Portugal.

9. — 41 d. et cr. : Monuments et sites d'Espagne.

10. — 35 d. : Monuments de Spalato, en Dalmatie, et sites de Spalato et des environs.
5 grandes feuilles avec une foule de croquis.

11. — 50 personnages et costumes de Dalmatie, la plupart à l'aquarelle.

12. — 16 aq. et d. : Venise : Palazzo Briacco, Palazzo Balbi, Academia, Chiesa dei Miracoli, San Giovanni et Paolo, etc.

13. — 22 d. : Venise : Piazzetta, place Saint-Marc, église Saint-Marc et palais Ducal.

14. — 28 d. : Venise : vues, églises et monuments divers.
55 d. : Venise : Sites divers.

15. — 25 feuilles renfermant plus de 150 croquis : gondoles, costumes, etc., de Venise.

16. — 14 d. et cr. : Anvers.
5 d. : Malines : Monuments et maisons anciennes.

17. — 15 cr. : Monuments de Bruges.
17 d. et cr. : Ostende.

18. — 1 aq. et 17 cr. : Leau, Rummen, Neerlinter, Oplinter, Waenrode, etc.
35 aq., d. et cr. : Château d'Oydonckt.

19. — 26 aq., d. et cr. : Abbaye de Villers et environs.
22 aq. et cr. : Abbaye de Cambron et abbaye d'Aulne.

AQUARELLES ENCADRÉES

VUES DE VENISE.

20. — Intérieur de l'église des Frari. Aq. 58-43.

21. — Entrée latérale de l'église Saint-Marc. Aq. 85-54.

22. — La chaire et l'aile droite de Saint-Marc. Aq. 51-69.

23. — La même vue, moins développée. Sép. 46-59.

24. — Aile droite de l'église Saint-Marc. Aq. 59-45.

25. — Chapelle de Saint-Zénon, église Saint-Marc. Aq. 46-61.

26. — Chapelle du baptistère, église Saint-Marc. Aq. 45-59.

27. — Atrio, portail central de l'église Saint-Marc. Aq. 60-47.

28. — Atrio, aile gauche de l'église Saint-Marc. Aq. 46-58.

29. — Atrio, aile droite de l'église Saint-Marc. Aq. 46-58.

30. — Eglise San Giovanni e Paolo. Aq. 46-58.

31. — Vestibule du rez-de-chaussée de la Scuola di San Rocco. Aq. 43-64.

32. — Cour d'un scieur de marbre. Aq. 31-46.

33. — Escalier et cour du palais Balbi. Aq. 56-39.

34. — Aile droite de l'église Saint-Marc. Aq. 30-20.

35. — Le Grand-Canal et la Salute, vue prise du pont de l'Académie. Aq. 41-63.

36. — Le Môle et la Piazzetta, vue prise de l'île Saint-Georges. Cr. et lavis. 45-61.

37. — La Piazzetta, vue prise du Môle. Cr. et lavis. 45-59.

38. — La place Saint-Marc, le Campanile et la façade de l'église Saint-Marc. Cr. et lavis. 45-61.

VUES DE BELGIQUE.

39. — Le Beffroi et les Halles à Bruges. Aq. 49-40.

40. — La Dyle et l'ancienne grue à Malines. Aq. 19-27.

41. — Porte d'entrée de l'abbaye de Cambron. Aq. 33-48.

42. — Église de l'abbaye de Cambron. Aq. 31-29.

43. — Vue générale des ruines de l'abbaye de Villers, prise du rocher. Cr. 25-37.

44. — Abbaye de Villers : Cour du Cloître. Sép. 31-29.

45. — Abbaye de Villers : l'Entrée des ruines et le moulin. Sep. 25-33.

46. — Villers : Entrée de la ferme du Chatelet. Sep. 26-39.

47. — Villers : Cour de la ferme du Chatelet. Sep. 18-30.

VUES DE FRANCE.

48. — Palais de Saint-Cloud : Chambre à coucher de la Reine d'Angleterre en 1855. Aq. 33-46.

49. — Rouen : La Cathédrale et la Tour de beurre. (Beffroi). Aq. 26-20.

VUES D'ALLEMAGNE.

50. — Alken sur la Moselle. Aq. 34-49.

51. — Esch-le-Trou sur la Moselle, vue prise de la montagne. Aq. 22-29.

52. — Carden sur la Moselle, une rue du village. Aq. 34-26.

53. — Carden sur la Moselle : l'Ancienne maison de Poste. Aq. 27-34.

VUES D'ESPAGNE.

54. — Cordoue : Intérieur de la Mosquée. Aq. 46-62.

55. — Séville : La fabrique de tabacs. Aq. 46-62.

VUE DE DALMATIE.

56. — Spalato : La place du Temple. Aq. 47-58.

TABLEAUX

ET ÉTUDES TERMINÉES

BRUXELLES & BELGIQUE.

57. — Bras principal de la Senne près de la rue des Teinturiers; le *Ban Molen* au Borgval.
Toile 192-118.

58. — Bras principal de la Senne près de la rue de Middeleer; à gauche le jardin du cabaret l'*Ours* établi sur piliers au-dessus de la rivière. Toile 96-148.

59. — Intérieur de l'église Sainte-Gudule. La verrière de la chapelle de la Vierge, vue prise de derrière le maître autel.
Salon de Bruxelles 1854. Toile 122-96.

60. — (1855) Intérieur de l'église Sainte-Gudule. La même verrière, vue prise de devant le maître autel. Toile 119-83.

61. — (1853) Entrée de l'atelier de Van Moer dans la maison paternelle, rue d'Or, 42.
Salon de Bruxelles 1854. Toile 118-82.

62. — Démolitions du marché des Récollets. Au fond, par-dessus les maisons de l'ancienne rue au Lait, on voit la flèche de la tour de l'hôtel de ville. Toile 69-103.

63. — La rue d'Or et le bas de la ville de Bruxelles, vue prise à vol d'oiseau de l'atelier de Van Moer, rue d'Or. Toile 78-99.

64. — La petite Senne à Anderlecht, derrière la rue de France actuelle. M. B. 50-58.

65. — (1847) Le château gothique de Jette-Saint-Pierre. M. B. 26-38.

66. — Vestibule d'une ancienne maison rue de Notre-Seigneur, habitée par l'oncle de Van Moer.
Salon de Bruxelles 1851. Toile 96-65.

67. — Bras principal de la Senne, rue des Teinturiers. Toile 67-95.

68. — Petit grenier près de l'atelier de Van Moer, rue d'Or, 42. Toile 68-87.

69. — (1852) Ruines de l'abbaye de Villers, la Cour du cloître. Toile 85-66.

70. — Vestibule au deuxième étage, rue d'Or, 42. Toile 82-51.

71. — (1854) Intérieur du premier atelier de Van Moer, rue Steenpoort.
Salon de Bruxelles 1854. Toile 51-66.

72. — Moulin dit : *Ezelsmolen*, contigu à l'église de Bon-Secours. Bois 48-63.

73. — (1850) Portail de l'église d'Anderlecht. Bois 61-46.

74. — Barrage et moulin à eau. M. B. 22-32.

75. — Moulin dit : *Ezelsmolen*, près de l'église de Bon-Secours. M. B. 21-32.

76. — La Porte du Rivage à Bruxelles en 1843, vue prise du quai des Charbonnages. M. B. 22-38.

77. — Village au bord d'un large canal. M. B. 35-32.

78. — Porte de l'Oratoire de Marguerite d'Autriche dans les Halles de Malines. M. T. 39-32.

79. — Étang de Saint-Job, près de Bruxelles. M. T. 42-50.

80. — (1851) Vue générale du village et de l'église de Hal.

Salon de Bruxelles 1851. Toile 32-47.

81. — Bras de la Senne. Moulin du *Ruyschmolen*. Au fond, la flèche de la tour de l'hôtel de ville. Bois 43-32.

82. — La chaussée d'Etterbeek en 1847. M. B. 22-31.

83. — La Senne, près des Trois Trous, canal de Willebroeck. Toile 32-43.

84. — Vue d'un château en Flandre. M. B. 22-29.

85. — Le château d'Oydonckt; la façade principale.
Toile 50-40.

86. — Le château d'Oydonckt, vu de côté.
M. B. 28-41.

87. — Vue générale de la Grand'Place, à Bruxelles.
Bois 52-40.

88. — Paysage et cours de la Senne, à Anderlecht.
M. B. 51-38.

89. — Moulin à eau à Cureghem. M. T. 38-51.

90. — L'église Saint-Joseph en 1847, au milieu des terrains vagues du futur Quartier-Léopold.
M. B. 29-38.

91. — Autre vue du même quartier en 1847.
M. B. 21-32.

92. — Place Sainte-Gudule à Bruxelles en 1847.
M. B. 25-27.

FRANCE.

93. — Tour et église Saint-Laurent, à Rouen; départ de troupes.
Salon de Bruxelles 1848. Toile 118-94.

94. — (1855) Cathédrale et beffroi de Rouen.
Toile 87-67.

95. — (1851) Portail principal de la cathédrale de Rouen. Toile 67-87.

96. — (1845) Rue et église Saint-Michel, à Bordeaux.
Bois 55-24.

97. — Paris : Les quais près du pont Saint-Michel. M. B. 22-33.

98. — Paris : La fontaine des Innocents. Toile 21-25.

99. — Tour et église Saint-Laurent, à Rouen. M. B. 32-25.

RHIN & MOSELLE.

100. — Vue générale du village de Esch-le-Trou. Toile 68-99.

101. — Vue générale de Esch-le-Trou, prise du haut de la montagne. Toile 70-98.

102. — La grue et la tour Ronde, à Andernach, au bord du Rhin. M. T. 41-32.

103. — (1845) Vue partielle du village de Montjoie. M. T. 32-42.

104. — (1867) Vue générale de Montjoie. Toile 37-36.

105. — Une porte d'entrée à Montjoie. M. T. 34-32.

106. — Une rue à Esch-le-Trou. Toile 40-30.

107. — Carden sur la Moselle. M. B. 23-31.

108. — Vue de Montjoie à vol d'oiseau. M. T. 30-40.

VENISE.

109. — (1866) L'île Saint-Georges, le soir. *Salon de Bruxelles 1866.* Toile 64-123.

110. — Le Grand-Canal, près du Mont-de-piété. Toile 66-116.

111. — (1878) Intérieur de l'église Saint-Marc, l'entrée du chœur. Toile 83-115.

112. — L'île Saint-Georges, vue prise en face de l'église San-Giorgio Maggiore. Toile 64-95.

113. — Entrée du Grand-Canal près de la Salute; vue prise du pont de l'Académie. Toile 67-95.

114. — Fundaco dei Turchi; façade postérieure. Toile 65-95.

115. — Le Grand-Canal devant le Môle et la Piazzetta; vue prise de l'île Saint-Georges. Toile 67-95.

116. — (1857) Intérieur de l'église Saint-Marc, aile droite.
Salon de Bruxelles 1857. Toile 89-71.

117. — Le Grand-Canal, le Môle et la Piazzetta; vue prise du fond du canal qui sépare l'île Saint-Georges de la Giudecca. Bois 46-73.

118. — Entrée du Grand-Canal près de la Salute; vue prise du pont de l'Académie. Bois 42-64.

119. — Intérieur de l'église Saint-Marc; entrée du chœur. Bois 48-66.

120. — Cour du palais Ducal; escalier des Géants. Toile 45-59.

121. — Le Grand-Canal devant la Piazzetta. Toile 66-47.

122. — (1856) Grand escalier au premier étage de la Scuola San Rocco. Toile 53-64.

123. — Partie de la cour du palais Ducal; escalier des Géants. M. B. 47-62.

124. — Rez-de-chaussée de la Scuola San Rocco. Toile 60-49.

125. — La place Saint-Marc, les Procurazie et le Campanile; vue prise de l'église Saint-Marc. Toile 46-59.

126. — Le Grand-Canal, le palais Ducal, le Môle et le quai des Esclavons; vue prise de l'île Saint-Georges. Toile 39-54.

127. — Quai des Esclavons et Grand-Canal devant le palais Ducal; étude du tableau de S. A. R. le comte de Flandre. Toile 39-54.

128. — La même vue prise de plus loin. Bois 39-54.

129. — Le palais Ducal, la Piazzetta, le Grand-Canal et au fond l'île Saint-Georges; vue prise de la place Saint-Marc. Toile 35-52.

130. — Grand-Canal, palais Ducal, Môle et quai des Esclavons, vue prise de l'île Saint-Georges. M. T. 38-51.

131. — Rio terra dei Catecumeni derrière la Salute. M. T. 42-31.

132. — Place Saint-Marc; vue prise du fond de la place, en face de l'église Saint-Marc. M. B. 31-42.

133. — Entrée de l'église Saint-Marc; portail nord. M. B. 41-31.

134. — Façade principale de l'église Saint-Marc. M. B. 40-30.

135. — Le Grand-Canal, les jardins des Procurazie et le Môle; vue prise de la Dogana. M. T. 28-47.

136. — (1856) Cour d'un scieur de marbre. Toile 29-44.

137. — Rio terra dei Catecumeni derrière la Salute. M. T. 32-42.

138. — (1856) Cour des Archives générales (Frari). M. T. 32-43.

139. — (1856) Fundaco dei Turchi; vue prise du Campo San Marcuole. M. T. 30-43.

140. — Église de la Présentation à la Giudecca; au fond Venise; effet de soir; vue prise des hauteurs de la Giudecca. M. T. 31-42.

141. — Entrée du Grand-Canal et la Salute; vue prise du pont de l'Académie. M. T. 31-42.

142. — Une rue de Venise. M. T. 42-32.

143. — L'hôpital civil, le Rio dei Mendicanti et la place Saint-Jean et Saint-Paul. M. B. 31-42.

144. — Un escalier à Venise. M. T. 42-32.

145. — La Cancelleria della Scuola di San Rocco. M. T. 43-32.

146. — Le Grand-Canal près de la Dogana. M. T. 50-41.

147. — Intérieur de l'église Saint-Marc; la chapelle de la Vierge. M. B. 58-51.

148. — Campo della fonderia derrière la Scuola San Rocco. M. T. 40-50.

149. — La Salute et l'entrée du Grand-Canal; vue prise des Giardini. M. T. 28-42.

150. — L'église et la place Saint-Jean et Saint-Paul; vue prise du Rio dei Mendicanti. M. T. 51-41.

151. — L'église Saint-Jérémie et l'entrée du Cannaregio. M. T. 41-51.

152. — Le Môle et le Grand-Canal devant le palais Ducal; effet de matin. M. T. 50-41.

153. — Campo San Trovaso; au fond l'église des SS. Gervais et Protais. M. T. 51-41.

154. — Intérieur de l'église Saint-Marc; l'entrée du chœur. M. T. 51-41.

155. — Intérieur de l'église Saint-Marc; la chapelle de Saint-Zénon. M. T. 51-59.

156. — Intérieur de l'église Saint-Marc; la chapelle du baptistère. M. T. 51-59.

157. — Cour de la fonderia derrière l'église San Rocco. M. T. 40-29.

158. — Intérieur de l'église Saint-Marc, entrée du pourtour du chœur, côté sud. M. T. 25-41.

159. — Le Grand-Canal devant le Môle et la Piazzetta. M. T. 25-39.

160. — L'île Saint-Georges; vue prise de la Punta della Motta; effet de soir. M. T. 29-36.

161. — Le Grand-Canal, vue prise du Campo della Carita; au fond, le Campanile de Santa Maria Gloriosa. M. T. 28-36.

162. — Le quai des Zattere et l'église Sainte-Marie du Rosaire. M. T. 25-37.

163. — La Piazzetta et l'entrée de la place Saint-Marc. Toile 27-36.

164. — Cour d'un tailleur de pierre. Toile 26-35.

165. — Canal dei Carmine et Campanile de Santa Maria del Carmelo. M. T. 35-29.

166. — Église Saint-Marc: portique central sous l'atrio. M. T. 34-27.

167. — Le Grand-Canal, Santa Maria della Salute et la Dogana di mare. M. T. 20-35.

168. — Campo dell'Angelo Raffaele. Toile 25-34.

169. — Une rue de Venise. M. T. 35-24.

170. — (1866) La Piazzetta, le Môle et le Campanile de Saint-Marc. Bois 24-35.

171. — (1878) La pointe de la Dogana et la Salute entre le canal Giudecca et le Grand-Canal. Bois 23-34.

172. — Le ghetto et le palais Clary. M. T. 24-32.

173. — Santa Maria del Rosario; direction du ghetto. M. T. 24-32.

174. — Le canal entre l'île Saint-Georges et la Giudecca ; au fond, le Campanile et les dômes de Saint-Marc, au delà du Grand-Canal. M. T. 22-31.

175. — L'île de Murano. M. T. 20-31.

176. — Porta di Carta, entrée de la bibliothèque à côté de l'église Saint-Marc ; vue d'ensemble. Toile 28-22.

177. — La porta di Carta, seule. Toile 28-22.

178. — Le pont des Soupirs, vue prise du pont de la Paille. M. T. 24-19.

179. — (1858) Le Grand-Canal et la Salute, vue prise de la Prefettura. Bois 17-25.

180. — (1857) Scuola San Rocco, grande salle du premier étage. Bois 15-24.

181. — Rio della Salute. M. T. 31-42.

182. — Canal San Gregorio. M. T. 31-42.

183. — La Salute et la Dogana ; vue prise de la Prefettura. M. B. 28-37.

184. — Saint-Marc, Porta di Carta et palais Ducal.
M. B. 31-42.

ESPAGNE & PORTUGAL.

185. — Intérieur du cloître de Belem, Lisbonne.
Toile 84-110.

186. — Intérieur de la Mosquée de Cordoue.
Toile 84-110.

187. — (1869) La Cour des lions à l'Alhambra, Grenade.
Salon de Bruxelles 1869. Toile 102-70.

188. — Façade de l'église Santa Maria et du cloître de Belem, Lisbonne. Toile 53-64.

189. — (1864) Intérieur du cloître de Belem.
Bois 32-46.

190. — Intérieur de la Mosquée de Cordoue.
Toile 48-65.

191. — Portail de l'église Santa Maria de Belem à Lisbonne. M. T. 24-35.

192. — Vue de la Tour carrée et des ruines de Belem au bord de la mer. Bois 51-75.

DALMATIE.

193. — (1878) Place du Temple à Spalato.
Toile 84-121.

194. — Marché aux grains à Spalato. Toile 68-100.

195. — (1867) Portique et restes d'un monument romain à Spalato. Toile 86-67.

196. — Ruines du palais de Dioclétien à Spalato. Toile 95-115.

197. — Le Sphinx sur la place du Temple à Spalato. M. T. 45-52.

198. — Place du Temple à Spalato. Toile 47-58.

199. — La même vue avec une procession religieuse. Toile 47-58.

200. — Intérieur du temple à Spalato. M. B. 50-40.

201. — Intérieur de la sacristie du temple à Spalato. M. B. 30-40.

ÉGYPTE & ORIENT.

202. — Temple et cour de Kous à Karnak. Toile 85-115.

203. — Ruines de Medineh Abou. Toile 70-98.

204. — Entrée et ruines du temple d'Edfou. Toile 95-67.

205. — Ramession et les colosses de Memnon. Bois 48-77.

206. — Portique et ruines de Medineh Abou. Toile 94-67.

207. — Vue panoramique de Jérusalem. Bois 50-59.

208. — Quai de débarquement à Esneh. Bois 26-40.

209. — Le Vieux Caire et Boulacq. Toile 32-55.

210. — Abydos : Portique et ruines. Bois 77-49.

211. — Edfou : Le Sanctuaire. Bois 77-49.

COPIES D'APRÈS DIVERS.

212. — La Giralda à Séville, d'après Bossuet. Toile 80-107.

213. — La façade de la Safute, le Grand-Canal et le Rio de la Salute, d'après le tableau de Canaletti du Louvre. Toile 60-98.

214. — La Piazzetta, le palais Ducal et le Grand-Canal; vue prise du canal qui sépare l'île Saint-Georges de la Giudecca, d'après Ziem. Toile 54-80.

ÉTUDES A L'HUILE.

215 à 332. — Cent dix-huit études à l'huile : vues de Belgique, France, Prusse, Venise, Dalmatie, Orient et quelques fantaisies.

ANTIQUITÉS.

333. — Table Louis XIV en marqueterie.

334. — Prie-Dieu en chêne.

335. — Barre à pots Renaissance, chêne sculpté, à 12 crochets. L. 215.

336. — Barre à pots gothique à 6 crochets. 168.

337. — Cadre de glace de toilette Louis XIV en bois sculpté et doré.

338. — Miroir avec cadre d'ébène.

339. — Table-console Louis XV en chêne sculpté.

340. — Coffre à bijoux Louis XIII en palissandre garni de cuivre.

341. — Coffre à bijoux gothique entièrement incrusté de nacre.

342. — Coffret gothique en fer.

343. — Coffre à bijoux Renaissance, garni en cuir doré.

344. — Pelle et pincettes en cuivre.

345. — Lampe juive gothique en cuivre.

346. — Rafraîchissoir en cuivre repoussé.

347. — Chaufferette, cuivre repoussé.

348. — Cage avec plateau et couronne en cuivre repoussé.

349. — Médaillon en cuivre repoussé : l'archiduc Joseph et Élisabeth de Bourbon.

350. — Groupe gothique, bois sculpté : la Circoncision.

351. — Figure en chêne sculpté : Saint Louis, daté 1645.

352. — Bas-relief en chêne sculpté : adoration de la Sainte-Trinité.

353. — Pélican et ses petits en bois sculpté.

354. — Porte-montre Louis XV en bois sculpté et doré.

355. — Dix-huit personnages en bois sculpté et doré provenant d'un rétable du XVe siècle.

356. — Croix fleuronnée, gothique ; cuivre gravé, aux quatre fleurons, les Évangélistes.

357. — Glace biseautée Louis XV, cadre en bois sculpté et doré.

358. — Glace Louis XV, gravée à personnage, cadre en cuivre.

359. — Deux cadres en écaille.

360. — Garniture de chasuble en broderie ancienne du XVe siècle.

361. — Broderie du XVe siècle : la Cène.

562. — Broderie du xve siècle : la Vierge et saint Jean au pied du Christ en croix.

563. — Broderie ronde : le Christ bénissant.

564. — Trois cartouchières anciennes en cuir garni de perles.

565. — Deux cartouchières en cuivre gravé.

566. — Aumônière-sacoche ancienne en cuir.

567. — Six cadres en bois sculpté.

568. — Un lot d'ornements divers en bois sculpté.

569. — Un diable en bois sculpté.

570. — Médaillon et deux cintres en albâtre sculpté.

571. — Grande tapisserie. Bruxelles. Partie de musique dans le parc d'un château. Costumes Louis XIV, large bordure de fleurs.
H. 270. L. 540.

572. — Tapisserie. Paysage, personnages et oiseaux, bordure de fleurs. H. 3 m. L. 265.

573. — Tapisserie. Paysage et cigognes, bordure de trois côtés. H. 255. L. 3 m.

574. — Tapis Smyrne.

575. — Bande de tapisserie des Gobelins.

576. — Une partie cuirs dorés anciens.

577. — Cruche en grès gris et bleu, ornements figurant des bouquets dans des vases.

578. — Cruche sphéroïdale, même genre.

579. — Petite cruche brune à mascaron.

580. — Canette droite grès gris, sujet : Les noces de Cana.

581. — Potiche Delft à décor bleu.

582. — Potiche et deux bouteilles Delft, décor polychrome.

583. — Porte-huilier Delft, décor bleu.

584. — Grande cafetière, terre de Venise.

585. — Deux quinquets anciens, modèle primitif, en fer-blanc décoré.

586. — Plaque cuivre repoussé. Saint André.

587. — Plat cuivre repoussé. Adam et Ève.

588. — Applique de vestibule à une lumière, cuivre repoussé.

589. — Bénitier en faïence italienne.

590. — Hallebarde ancienne.

591. — Ancien fusil à rouet.

592. — Ancien fusil Springfield, États-Unis.

593. — Grand meuble à gravures et aquarelles.
H. 1m20. L. 1m80. Larg. 80 c.

TABLEAUX ANCIENS.

394. — École espagnole. Mendiants. Cadre sculpté. Toile 50-61.

395. — École russe. Vierge sur fond d'or. Bois 27-19.

396. — École espagnole. Saint Étienne dans un paysage. Bois 22-18.

397. — Attribué à Giotto. Vierge tenant l'enfant Jésus, peinture primitive. Bois 24-18.

398. — Deux portes de tabernacle avec peintures sujets religieux. Bois 39-28.

399. — École espagnole. Saint François aux stigmates. Cuivre 16-10.

MINIATURES, GRAVURES.

400. — Thomas Schweicker, de Schwabischer-Hall, né sans bras. Il s'est représenté lui-même dessinant avec les pieds en 1586, à l'âge de 46 ans. Miniature.

401. — OEuvres de Ph. Wouwermans, gravées d'après ses meilleurs tableaux par J. Moyreau. Recueil de 83 sujets; in-fol. rel. veau; taché.

402. — Concours d'eau-forte du Journal des Beaux-Arts de 1870 à 1876. 68 eaux-fortes.

403. — Série de 12 croquis par Charlet. Bruxelles, Dewasme, 1837.

404. — 22 vues de Rome par Piranesi.

405. — Monuments gothiques par Gustave Simonau, texte de Voisin, et 24 feuilles lithographiées in-plano.

406. — La Tentation, gravure par Jos Bal, d'après L. Gallait.

407. — L'Échoppe du libraire Van Liesvelt au XVIe siècle, par Van Reeth, d'après Leys.

408. — Le cabinet d'Érasme, gravure, par Demannet. d'après H. Leys, épr. avant lettre.

409. — La même gravure après la lettre.

410. — Le miroir, gravure, par G. Biot, d'après Cermak, épr. avant lettre.

411. — 6 lithographies d'après Portaels, Degroux, Van Eycken, Webb, David Col et Induno.

412. — 2 paysages, gravures, par Numans, d'après Portaels et Roelofs.

413. — 17 gravures et lithographies diverses.

---

414. — Un grand nombre d'accessoires de peintre et d'atelier, chevalets, boîtes à couleurs, panneaux, toiles, etc., etc.

415 à 450. — Quelques études à l'huile, d'artistes modernes.

www.ingramcontent.com/pod-product-compliance
Ingram Content Group UK Ltd.
Pitfield, Milton Keynes, MK11 3LW, UK
UKHW021959260726
13994UKWH00004B/1851

9 782329 435404